JN187440

たべもののおはなし●カレーライス

カレー男（おとこ）がやってきた！

赤羽じゅんこ 作
岡本 順 絵

講談社

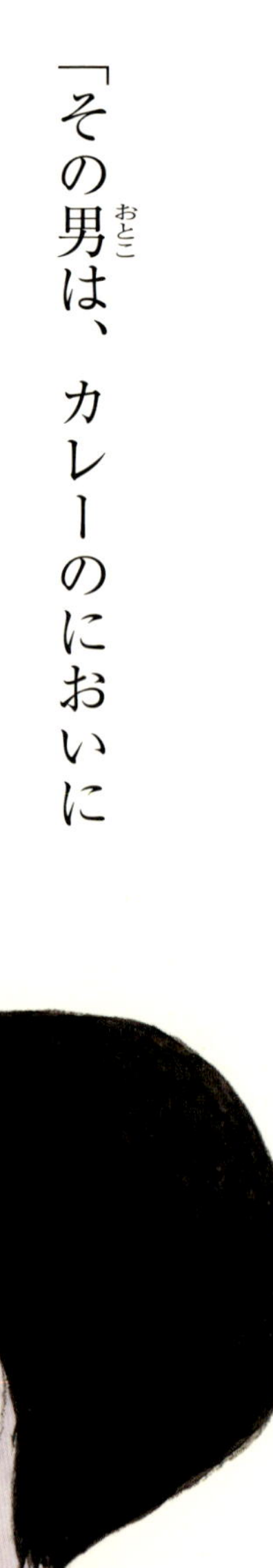

「その男は、カレーのにおいに
さそわれて、やってきたんだ。」
田口くんが、みんなを
ゆっくり見まわした。
ごくんとぼくは、
つばをのみこむ。
「頭に白いターバン、
スパイスのびんをつないだ
ネックレス。
モジャモジャひげのへんな

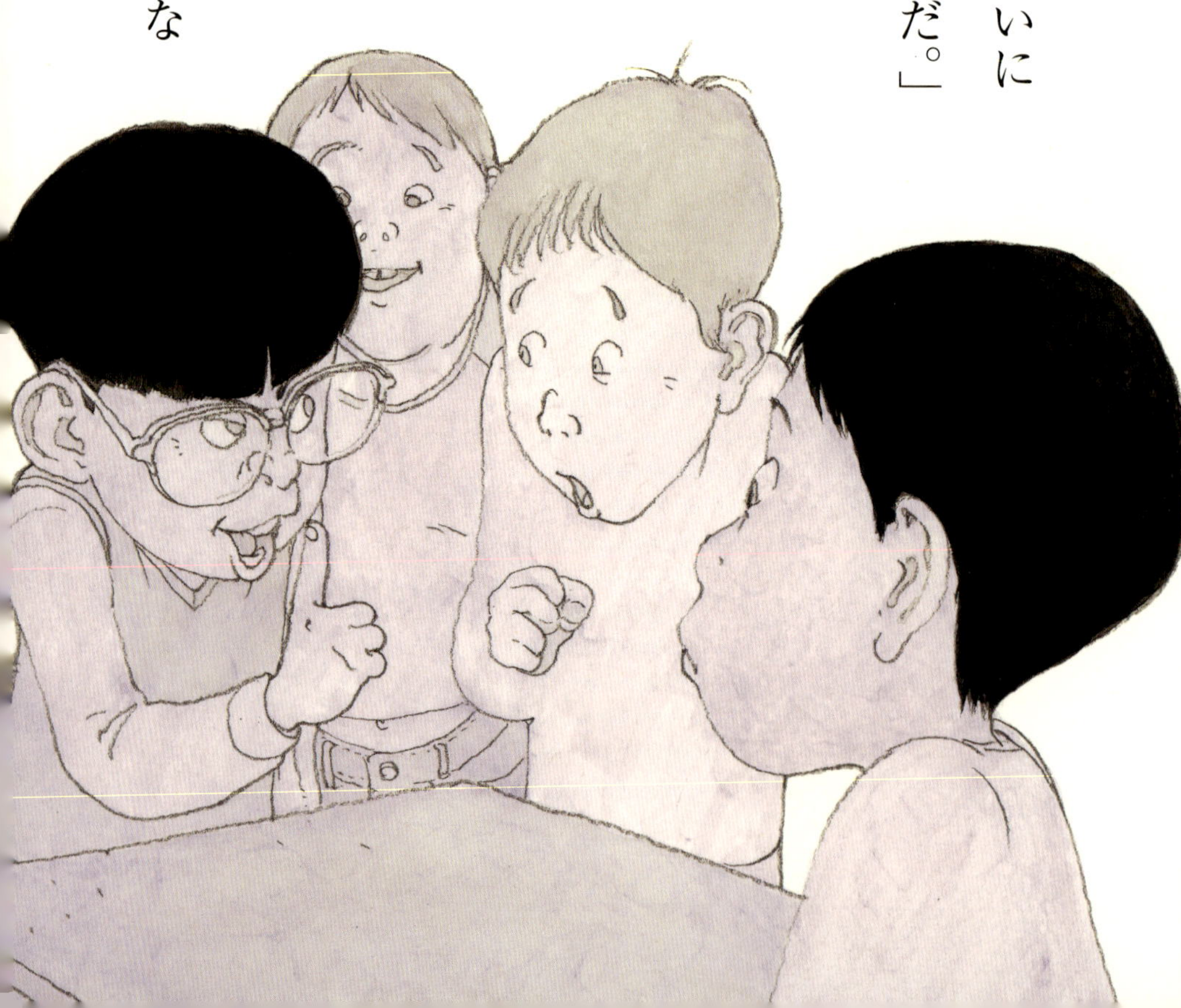

おじさんだけど、
目だけはキランとしていて、
『うまいカレーをさがす旅をしている。
カレーを一ぱい、
いただけないか？』って、
おじぎをしたんだ。」
「うわっ。」
「すげーっ。」
いっせいに声があがった。
ここは一年一組の教室。

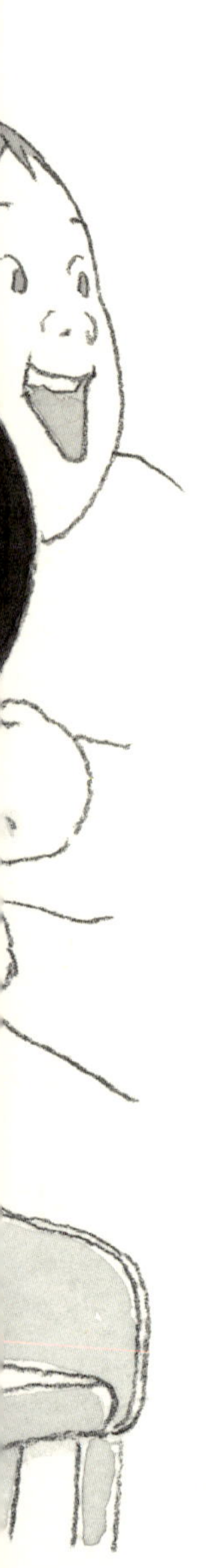

いつもなら、みんなの中心にいるのは、クラス一おしゃべりがとくいなぼくのはず。でも、きょうはメガネの田口くんのまわりに人だかり。
「ママがどうぞっていったので、カレー男はせきについた。カレーをもると、かばんから自分のスプーンをだして、すくいあげた。そしたら……。」
田口くんは、えんぴつをスプーンみたいにもって、カレー男のまねをする。

「うっとりした顔で、『黄金のようなすばらしい色あい！』ってさけんだんだ。ほんとだぜ。カレー男がかばんからだした、木のスプーンですくうと、うちのカレーがかがやいて見えたんだ。」

「うっそぉ。そんなこと、あるか？」

ぼくはあやしいって、田口くんをにらむ。でも、きょうはいつものおどおどした田口くんじゃない。いさましく立ちあがり、つっかえることなく話しつづける。

「うそじゃない。カレー男は、あっという間にぼくんちのカレーを食べおえた。おさらがピカピカになるほどの食べっぷり。『とり肉がとろけるようにやわらかく、スパイスがぴりっときいていて、ぜっぴんだ。』とほめたんだぞ。」

田口くんは、どうだ、とこしに手をあてる。

「それで？　カレー男はどうしたの？」

その声に、田口くんは、
ざんねんそうに首をふった。
「『すばらしい味だ。
しかし、わしがもとめている
ものとはちがう。さらば。』と、
風のようにかえっていった。
この黄金色のキャラメルを
のこしてね。」
てのひらの上に、
キャラメルがひとつ。

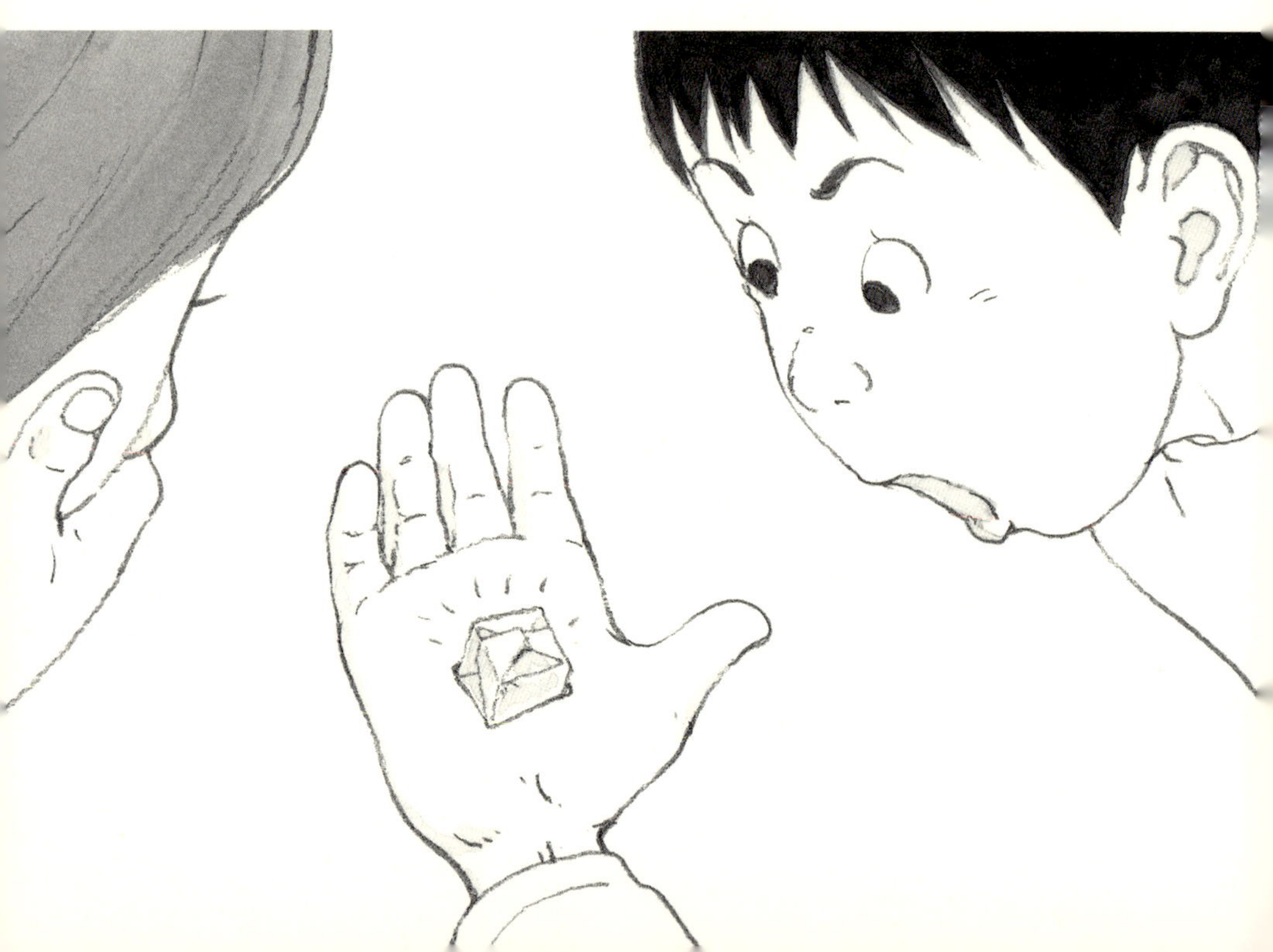

ふつうのキャラメルなのに、まぶしく見える。

「すげー、すげー、すげー。」

「カレー男、カッコいい。」

「いいな。うちにもきてほしい。」

みんな口々にさわぐ。田口くんはいすにふんぞりかえり、うんうんとうなずいている。

ぼくは、うちのめされた。一年一組の人気をかんぜんにうばわれている。おとなしくて、手をあげたこともない田口くんに。

そこに、小さな声がした。

「うちにもきたの。カレー男。」

小川さんだ。日曜日のお昼、パパがカレーうどんをつくったときにきたんだという。

「カレー男は、自分のおはしをだして、『うどんにからまるとろみかげんが、ぜっぴんだ！』ってほめたのよ。ぜっぴんっていうのは、ものすごーく、すばらしいってことよ。」

カレー男は一てきものこさず、しるをのんだともじまんする。

「それで、さいご、どうした？」

田口くんが身をのりだす。

「『コンブだしとカレーのスパイスがマッチしていて、すばらしい味だ。しかし、わしがもとめているものとはちがう。さらば。』って、かえっちゃったの。」

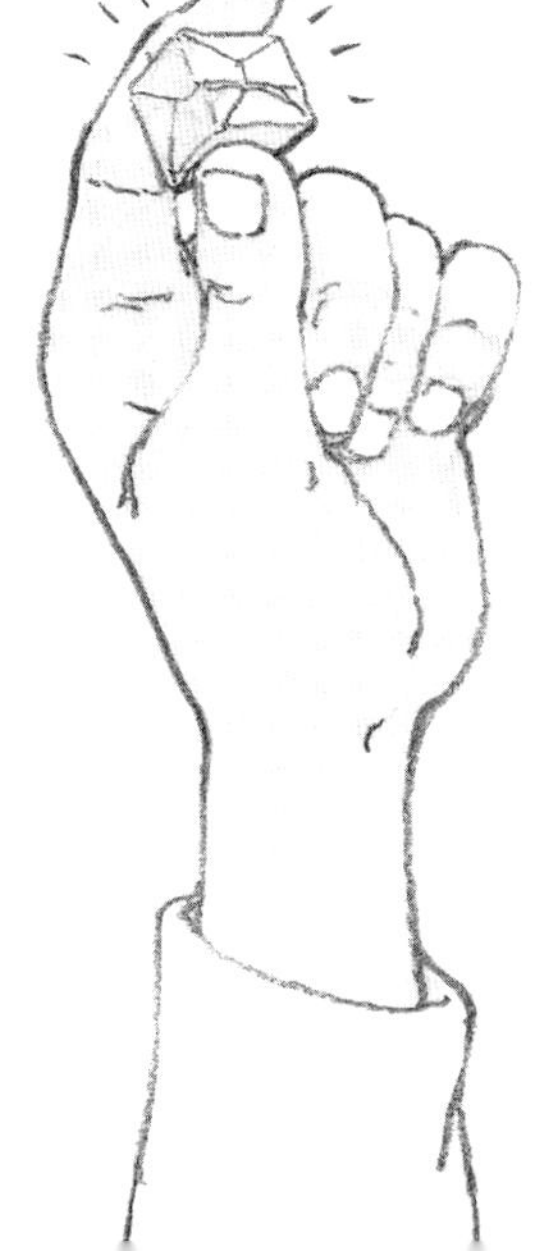

小川さんも、ポケットからキャラメルをだしてみせた。

「どんな味をもとめているのかな？」

「もとめている味だと、どうなるの？」

「キャラメルが百こ、もらえるんだよ。」

「もっといいものだよ。インド旅行！」

「百万円、もらえるとか？」

「なんでもいい。カレー男にきてほしいな。」

「わたしも。そのキャラメルほしい。」

教室じゅう、カレー男の話でわいわい。

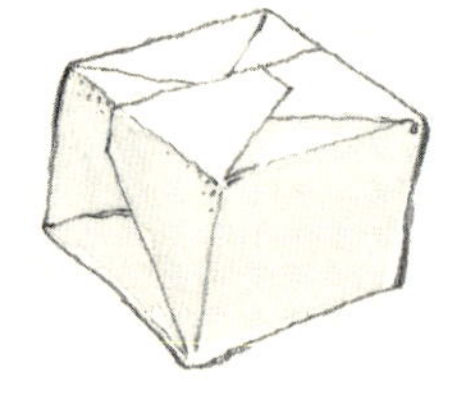

そのうるささのなか、ミサキのつぶやく声がした。

「うち、こんばん、カレーっていってたな。」

ぼくはミサキのうでをもった。

「ぼくも食べたい。行ってもいい？」

ミサキは家がとなりで、よくあそぶけんか友だちだ。お母さんどうしも仲よしで、時にはごはんを、ごちそうになることもある。

「ダメ、ダメ。カレー男がくるかもしれないもの。ぜったいにダメ。」

ミサキはあっかんべーと、したをだした。

くるなっていわれたけど、ぼくはあきらめきれなかった。ぼくもカレー男に会ってみたい。なんとかならないかと、ミサキんちの前でうろうろ。

ちょうどよく、おばさんがかえってきた。

「こんばんは。きょうの夕ごはん、カレーって聞いたけど、ほんとですか？」

「あら、よく知ってるわね。」

「ミサキが、ものすごーくおいしいってじまんしていたから。あの、その、ぼくも食べたいんだけどな。」

できるだけけなげに、カレーが大すきで、食べたがっているようにおねがいした。

「いいわよ。大かんげい。風太くんのお母さんにもいっておくわ。えんりょしないでたくさん食べてね。」

と、すんなりOK。

作戦せいこうだ。

ちゃっかりテーブルにすわってるぼくを見て、ミサキは目をつりあげた。

「なんでいるの。ダメっていったでしょ！」

「だって、おいしいカレー、食べたいんだもの。ほっぺたがとろけそうなんだろ？」

ぼくとミサキは、
バチバチと火花（ひばな）をちらす。

おばさんはそんなことも知らず、うきうきとカレーをにこみだした。

「ほほほ、風太くんがきたから、とくべつにカツカレーにしたのよ。」

「やりぃ。」

ぼくはガッツポーズをした。トンカツがのったカツカレーは、カレーの中でもとくに上等。

これならカレー男もよろこぶはず。わしがもとめていた味だって、賞品をくれるかもしれない。

ふつふつとカレーがにえ、
ジュッと音をたてて
カツもあがり、まさに食べごろ
というタイミングで、
ピンポンとチャイムがなった。
ぼくとミサキは、さきを
あらそって、げんかんにいそいだ。
「うまいカレーをさがす旅を
している。カレーを一ぱい、
いただけないか？」

でた！　カレー男だ。

うわさどおりターバンをまいていて、ひげがモジャモジャ。茶色のだぼだぼシャツに、スパイスのびんをつないだネックレスをしてる。

「ほんとうに、きた！」

ぼくは、感動で足ががくがくふるえた。ミサキも、ぼくのシャツをぎゅっとつかんでいる。

「だれがきたの？」

おばさんもでてきた。いつもなら、知らない人をまねきいれたりしない。

カレー男は、「旅のものです。」と、ゆっくりおじぎ。ネックレスのスパイスのびんが、かちゃかちゃゆれ、ふしぎなかおりがながれだした。けわしかったおばさんの顔が、ゆるゆるとほころんでいった。

「どうぞどうぞ。カレーがすきな人にわるい人はいないわ。たくさん食べていってね。」

カレー男は風のようにすっと家に入って、テーブルにつく。すぐに、うまそうなカレーが用意された。あげたてのカツの上に、あつあつのカレーがたっぷり。

カレー男は、自分のスプーンをとりだすと、手をあわせてから、まず、ひと口。

「すばらしい！　サクサクのカツにとろーりとしたルウがまざりあって、ぜっぴんだ。」

カレー男はがつがつと、じつにうまそうにしあわせそうに食べる。こんなにおいしそうに食べる人をぼくは知らない。おばさんもミサキも、その食べっぷりをくいいるように見ている。

カレー男は、あっという間に食べおわると、スプーンをおき、

「おかわり。」

と、おばさんにおさらをさしだした。

「いいわよ。おいしかったのね。」

おばさんは大よろこびで、山もりのおかわりカレーをもる。

ぼくとミサキは顔を見あわせた。

おかわりをしたなんて、今まで聞いたことがない。

つまり、どこよりも、ミサキの家のカレーが気に入ったってことだ。

「これは、あるかもしれないぞ。」

「そうね。おかわりだものね。」

ぼくとミサキは、いつしか手をにぎりあっていた。カレー男に、「もとめていた味だ。」といわれたくて、むねがドキドキする。

カレー男は、おさらがピカピカになるまで、きれいに食べると、まんぞくそうにスプーンをしまった。

「すばらしい味。カツのあげぐあいも、カレーのからさも、もうしぶんない。まろやかな味で、なんど食べてもあきない、お手本にしたいようなカレーだ。」

カレー男はそこで、かんがえこむように、あごに手をあてた。

ぼくもミサキも、息をのみ、カレー男のつぎのことばをじっとまった。

「とてもうまい。だが……、わしがもとめている味とは、すこしちがうのだ。」
カレー男（おとこ）は首（くび）をふって、立（た）ちあがった。

「あのーっ、カレー男さん、もとめている味と出合ったら、
なにがおこるんですか？」
ミサキが立ちあがって聞いた。
「今は話せぬ。そのものだけが、知ることとなろう。さらば。」
なぜか、サムライことばのカレー男は、
風のようにさっていく。
キャラメルをひとつ、
テーブルの
上にのこして。
「これ、もらい。」

さっと、キャラメルに手をのばしたら、ぴしっとたたかれた。

「いてっ。なにするんだよ。」

「ずうずうしい。ほしかったら、カレー男にきてもらいなさいよ。」

「わかったよ。きてもらうさ。そして、もとめている味だっていわせて、もっといいものをもらうぞ。」

「どうだか。でも、もし、そうなったら、おしえてね。なにがおこるのか。」

「わかった。まかせておけ。」

それから、
ミサキんちの
カツカレーを
ごちそうになった。
うちのカレーより甘口で、
やさいが多い。なんと、
ブロッコリーやパプリカまで
入ってる。

「あんなにほめられたこと、
はじめてよ。カレー男に
会えたなんて、生きてて
よかったって思うわ。」
　おばさんは
食べている間、
ずっと楽しそうに
ニコニコ。ぼくが
にがてなニンジンを
のこしても、なにもいわなかった。

「カレー男にほめられると、心からしあわせな気分になれるのよ。ママなんて、あれからずっときげんがいいのよ。」

ミサキがじまんしたせいもあり、カレー男は一年一組のわだいをどくせんしつづけた。

「ぜっぴんだ！」と、おおげさにほめるカレー男の口ぐせも、クラスで大はやり。

給食のおかずを食べては、
「ぜっぴんだ。」といいあい、
プリンを食べては、
「超ぜっぴん。」とわらいあった。
頭に白いタオルをまいたり、
スパイスのびんを首にさげたりと、
カレー男のまねをするのもはやった。
あまりにはやりすぎて、
先生が禁止したほど。それくらい
カレー男の人気はあがっている。

カレー男に会った友だちも、毎日ふえていった。

釣りがしゅみの大久保くんは、
エビやホタテや魚入りの
海鮮カレーのときに。

にわでやさいをそだてている
目黒さんは、自分ちでそだてた
トマトやナスやオクラたっぷりの
やさいカレーのときに。

お母さんが韓国人の上野くんは、
自家製キムチを入れた、
辛口キムチカレーのときに。

リボンがにあう、
おしゃれな原さんは、
たまごの黄色があざやかな、
えんどう豆入り
オムライスカレーのときに。

ぼくはおどろいた。

カレーってすごい。家ごとにくふうしたその家のカレーがあり、みんな自分ちのカレーが大すき。話を聞いてるうちに、そこの家のカレーが食べたくなる。そして、仲よしになりたくなる。

そのせいか、このごろ、クラスが前より楽しい。わらい声もふえている。

しかし、はんたいのこともおきた。

カレー男に、会っていない人があせりだしたんだ。なんだか、おくれているような、そんしているような気分になるらしい。

だれもが、夕食はカレーにしてとリクエストして、スーパーで、カレーのルウの売り切れがあいついだ。

そんななか、クラス一、お金もちの金蔵くんは、べつのほうほうをとった。

「ぜったいに、おれんちで、もとめていた味っていわせてやる。」

レストランから一万円もする高級カレーの出前をしてもらった。トリュフとかフォアグラとか、すげー高いものが入っている特別製。

でも、カレーがさめて、まくがはっても、カレー男はあらわれなかったという。

どうやら、手づくりカレーでないと、やってこないようだ。

ぼくんちも、まだ、カレー男はきていなかった。しかし、あせってはいない。

「そろそろ、ぼくの出番だ。」

かんがえてかんがえぬいた、とっておきの作戦をやるときがきた。それは、"ぼくがひとりでつくる"ってやつだ。

今までは、どの家でもお母さんなど、おとながつくったカレーをだしている。

ぼくは自分がつくったカレーで、もとめていた味だって、いわせるんだ。

土曜日。
ぼくはカレーづくりを
決行することにした。
お母さんにたのみこんだら、
うちにあるもので、
気をつけてつくるならいいと、
ゆるしてくれた。
エプロンをかけ、
『キッズ・クッキング』という
本を見ながら、うでまくり。

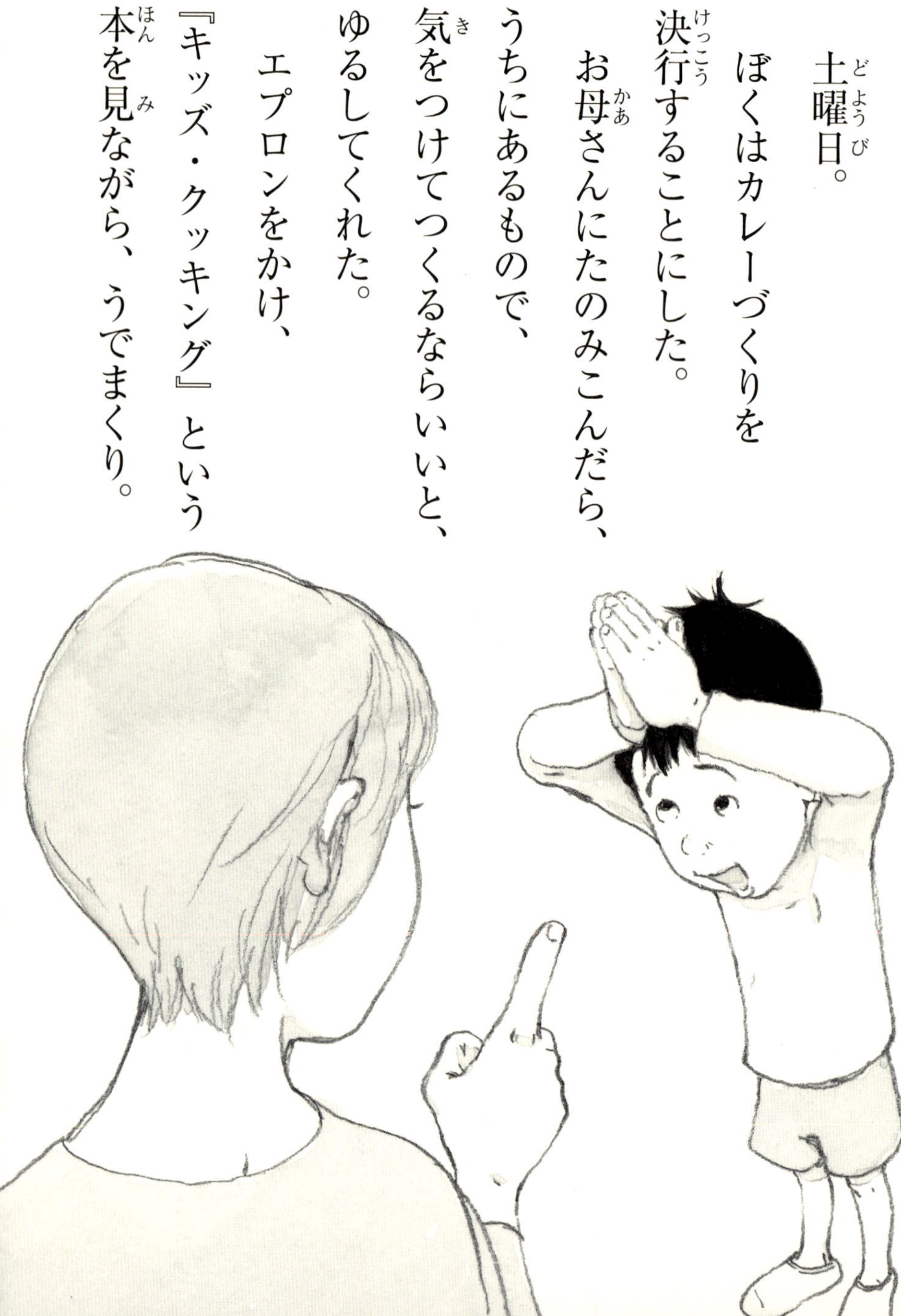

まず、なべでタマネギとニンニクをいためる。つぎに水をたし、具にしたいものを入れていく。れいぞうこにあったブロッコリーとトウモロコシ。肉のかわりにソーセージ。にがてなニンジンはなし。

そのかわり、バナナをちぎって入れる。

にえてきたら、うちにあったカレーのルウで味つけだ。いくつかのルウをまぜて、なんどにもわけて入れた。

「よし。ここからだ。」

ふつうの味じゃつまらない。

本によると、すきなものを「かくし味」にしていいと書いてある。ぼくはチョコレートとポテトチップスにしようときめた。

チョコはビターチョコ。甘いというよりにがい、おとなの味だ。ぼくはスイートチョコがすきだけど、カレー男にあわせてえらんだんだ。ひげがモジャモジャのおじさん。にがいチョコのほうが、すきそうな気がする。

ポテトチップスはのり塩味だ。食べると、青のりが歯につくいちゃうやつ。

なべの上でポテトチップスの
ふくろをかたむけた。
「やばっ。
なんだ、これ。」
ポテトチップスが、
ねちょっと
してしまった。
どこに入ってるのか、
見てもわからない。
あのパリッとした

かんじがすきなのに、うまくいかない。

「しかたない。はじめてだもの。」

いいわけしながら、ぐつぐつにていく。

いいかおりがしてきた。

「どう？　うまくいってる？」

お母（かあ）さんものぞきにくる。

そのときだ。

ピンポンと、
チャイムがなりひびいた。

「きたー！」

カレー男だ。お母さんがゆるしてくれたので、家にまねきいれる。

ごはんの上にたっぷりカレーをかけた。でも、なにかものたりない。ふつうのカレーとかわらなく見える。ぼくらしくない。

どうしようと、キッチンを見まわしたら、ポテトチップスのふくろが目に入った。

「そうだ！」

のこってるポテトチップスをくだいて、ふりかけのようにかけてみた。

「できた。ぼく流、
ポテチ入りカレーだ！
どうぞ。」

カレー男(おとこ)は、
カレーに手(て)をあわせると、
まずにおいをかいだ。
それから、木(き)のスプーンで
まぜると、がつがつと食(た)べだした。
とちゅう、なにもいわない。
ぜっぴんともいわない。
ドキドキして、しんぞうが
むねからとびでそう。
だって、ぼくがはじめて

ひとりでつくった
カレーだ。
がんばってつくった
カレーだ。
うまいっていってほしい。
カレー男は、
なんどか首をかしげたが、
ぜんぶ、きれいに食べおえた。
ぼくは、くちびるをぎゅっとかみ、
カレー男のことばをまった。

「うーむ。
こんな味のカレーははじめてだ。
辛いのに甘い。甘いのに辛い。
とろーりとパリパリが
ぜつみょうにまじっている。
まいった。う、うまーい！」
カレー男は、いすの上に立つと、
いきなり両手をあげた。手をカクカクゆらして、
からだをくねくね。みょうなおどりをはじめたんだ。
ぼくは口をあんぐり。

お母さんの目もまんまる。

カレー男がおどるたび、むねにさげたスパイスのびんが、かちゃかちゃゆれ、ふしぎなかおりがながれだした。

いつしかぼくとお母さんは、カレーのふるさと、インドの町かどに立っていた。

カレー男といっしょに、町じゅうの人たちがおどっている。ヘビもブタもニワトリも、ヤモリやアリンコまで、みんな、楽しそうに、からだをカクカクうごかしている。

ぼくもうかれて、おどりだした。お母さんもあわおどりみたいに手をうごかしている。

カレー男がおどりおわると、インドの町かどは、ぱっと消えてしまった。

ぼくは、ぽかーん。

カレー男はすずしい顔で、ごちそうさまと手をあわせた。

「ねっ、カレー男さん。ぼくのカレーは、もとめている味だった？」

「うーむ。そのひとつといってもいいだろう。かくし味がよくきいていた。」

「わかったんだ？

チョコレートとポテトチップスだよ。」

「いや。それとはちがう。」

「えっ、ほかには入れてないよ。」

「ちゃーんと入っていた。きみの『いっしょうけんめい』だ。わしをよろこばせようと、くふうしただろ？　それがにじみでておった。これはきみにしかつくれないカレー。そういうのが食べたかった。ほれ。」

かばんから小さな箱をとりだして、ぼくにくれると、

「さらば。」

と、風のようにさっていった。

「すんげぇ。賞品だ。なにかな。」

いそいで箱をあけた。

「げっ、これだけ!?」

カレー男のしゃしんのバッジがひとつ。にらむようなこわい顔をしている。

「ちぇ。これじゃ、じまんにならないよ。」

期待していたぶん、がっかりして、バッジをつくえにほうりなげた。

「もうっ、せっかくもらったのに。」

お母さんが、エプロンで、キュキュッとバッジのひょうめんをこすった。

「うまーい。カレーはさいこう！」

とつぜん、カレー男の声。しゃしんがしゃべったんだ。手もゆらしてる。

「まあっ、びっくり。」

お母さんは、あわあわ。

ぼくもぶっとんだ。うごいて、声までだすバッジなんて、すごすぎだ。

ぼくもなんどかこすってみた。そのたび、「うまーい。」とほめてもらえて、気分がいい。うきうきしちゃう。

こんなバッジを見たら、みんな、あらそうほどほしがるは

ず。ぼくのこと、
そんけいのまなざしで
見るかもしれない。
　これで
一年一組の人気も
とりもどせる。
いや、学校一の人気ものに
なれるかもしれない。
　その日、ぼくの顔は、
ゆるみっぱなしだった。

つぎの日。

ぼくはバッジをもって、スキップで学校に行った。

「カレー男から、もとめている味って、いわれたぞ。」

そのひとことで、ぼくのまわりに人だかりができた。となりのクラスの人も、上級生もやってきて、教室は人でぎゅうぎゅう。

「ぼくがひとりでカレーをつくったんだぞ。

おどろくような、

かくし味を入れたんだ。」

「うわーっ。」

みんな、息をのむようにして、ぼくの話を聞いている。ときおり、へぇーとかすげーとか、おどろきの声がもれる。

さいこうに気分がいい。

ぼくはすっかりスターきどりで、声を大きくしたり、小さくしたりしながら、身ぶり手ぶりもくわえて話した。

話がもりあがって、さいご、カレー男がかんそうをいう場面になった。

ここがかんじんと、ぐるりとみんなを見まわす。すぐにいわないほうが、カッコよく見えるはず。

そうやって、間をとっていたら……。

ガラッ！

とつぜん、教室のドアがあいた。田口くんだ。いすにふんぞりかえってすわり、メガネをおさえながら、ニッとわらう。

「みんな、聞(き)いてよ。きのう、ぼくんちに、シチューおばさんがやってきたんだ。」

「ええっ、こんどはシチュー？」

「おばさんなの？」

「すごいな。田口(たぐち)くんち。」

ぼくのまわりにいた人(ひと)だかりが、波(なみ)がひくようにいなくなり、田口(たぐち)くんのほうにうつっていく。

「シチューおばさんって、どんな人(ひと)？」

「なんていったの？」

みんなに聞かれて、田口くんはにんまり。はんたいに、ぼくはへなへなとすわりこむ。

「なんだよ。シチューなんてずるいよ。カレー男、なんとかしてくれよぉ。」

見せようとしていたバッジを、指でキュキュッとこすりあげる。

するとカレー男は、顔じゅうをしわでくしゃくしゃにして首をふった。

「そういうこともあるさ。気にしない、気にしない。」

ってね。

カレーライスのまめちしき

カレーライスがもっとおいしくなる
オマケのおはなし

カレーライスはどこのたべもの？

給食の大人気メニューといえばカレーライス。みなさん、どこの国のたべものだと思いますか？　このおはなしにでてきたカレー男は、インド風のいしょうを身につけていました。おとなでも「カレーライスはインド料理」と思っている人は多いのですが、じつはインドに日本のと同じ「カレーライス」はありません。インドの料理のしかたをイギリスの人がとりいれ、たくさんのスパイスをつかった料理を「カレー」とよぶようになったのです。スパイスとは植物からとれた香辛料のこと。辛さやかおりをだすためにつかわれます。

そして明治時代に、イギリスから日本にカレーがつたわってきました。さいしょに「カレー」のことをしょうかいしたのは、一万円札にえがかれている福沢諭吉で、「コルリ」とよんだそうです。そのころは具にカエルが入っていたんですって！

カレーライスを自分でつくってみよう

風太みたいに、チョコレートやポテトチップスを入れて味をかえてみるのも楽しいですが、まずはきほんのつくりかたにちょうせん！　おうちの人といっしょにね。

●ざいりょう……肉（ぎゅう肉、ぶた肉など）、じゃがいも、たまねぎ、にんじん、あぶら、水、カレールウ　※ぶんりょうは、おうちの人とそうだんしてきめましょう。

❶ざいりょうを食べやすい大きさに切ったら、なべにあぶらをひいて、いためます。とくに、肉は、色がかわるまで火をとおしましょう。

❷水を①のなべに入れてぐつぐつにます。とちゅうでなべの中のアク（よごれたアワみたいなもの）をすくいましょう。

❸くしをさしたらスッととおるくらい、やさいがやわらかくなったら火をとめます。

❹カレールウを入れて、よくとかします。とけたら、もういちど火をつけて、とろり

赤羽じゅんこ｜あかはねじゅんこ

児童文学作家。東京都生まれ。『おとなりは魔女』（文研出版）で第８回新・北陸文学賞を受賞。『がむしゃら落語』（福音館書店）で第61回産経児童出版文化賞ニッポン放送賞を受賞。『ジャングル村はちぎれたてがみで大さわぎ！』（くもん出版）で第58回西日本読書感想画コンクール指定図書に選定。他の著書に、『水晶玉を見つめるな！』（講談社）、『ごきげんぶくろ』（あかね書房）、『ミキとひかるどんぐり』（国土社）、『犬をかうまえに』（文研出版）などがある。「ももたろう」同人。

岡本 順｜おかもとじゅん

1962年、愛知県生まれ。挿絵を中心に広く活躍中。主な作品に、絵本『きつね、きつね、きつねがとおる』（作・伊藤遊、ポプラ社／日本絵本賞受賞）、『つきよの３びき』（作・たかどのほうこ、童心社）。挿絵に『となりの蔵のつくも神』（作・伊藤遊、ポプラ文庫）、『花ざかりの家の魔女』（作・河原潤子、あかね書房）、『わらいボール』（作・赤羽じゅんこ、あかね書房）、『宇宙からきたかんづめ』（作・佐藤さとる、ゴブリン書房）、『キジ猫キジとののかの約束』（作・竹内もと代、小峰書店）などがある。

装丁／望月志保（next door design）
本文 DTP／脇田明日香
巻末コラム／編集部

たべもののおはなし　カレーライス
カレー男がやってきた！

2016年11月24日　第1刷発行
2020年2月3日　第3刷発行

作　赤羽じゅんこ
絵　岡本　順
発行者　渡瀬昌彦
発行所　株式会社講談社
〒112-8001 東京都文京区音羽 2-12-21
電話　編集 03-5395-3535　販売 03-5395-3625　業務 03-5395-3615

印刷所　豊国印刷株式会社
製本所　島田製本株式会社

N.D.C.913 79p 22cm
ISBN978-4-06-220273-2

とするまでにこんだら完成です！

風太みたいにかくし味を入れるばあいは、ルウを入れたあと、にこんでいるだんかいで入れます。インスタントコーヒーやヨーグルトもかくし味になりますよ。